这本书属于
第____号怪怪特工

....

图书在版编目（CIP）数据

蓝胡子船长 /（瑞典）马丁·维德马克著；（瑞典）克里斯蒂娜·阿尔夫奈绘；徐昕译. -- 北京：中信出版社，2024.8. --（怪怪特工队）. -- ISBN 978-7-5217-6762-9

I. I532.84

中国国家版本馆CIP数据核字第2024V86U11号

NELLY RAPP OCH KAPTEN BLÅSKÄGG (NELLY RAPP AND CAPTAIN BLUEBEARD):
Copyright © 2014 by Martin Widmark
Illustrations copyright © 2014 by Christina Alvner
Published by agreement with Salomonsson Agency, through The Grayhawk Agency.
Simplified Chinese translation copyright © 2024 by CITIC Press Corporation
ALL RIGHTS RESERVED

本书仅限中国大陆地区发行销售

蓝胡子船长
（怪怪特工队）

著　　者：［瑞典］马丁·维德马克
绘　　者：［瑞典］克里斯蒂娜·阿尔夫奈
译　　者：徐昕
出版发行：中信出版集团股份有限公司
　　　　　（北京市朝阳区东三环北路27号嘉铭中心　邮编　100020）
承　印　者：北京联兴盛业印刷股份有限公司

开　　本：880mm×1230mm　1/32　　印　　张：2.75　　字　　数：78千字
版　　次：2024年8月第1版　　　　　印　　次：2024年8月第1次印刷
京权图字：01-2024-3615
书　　号：ISBN 978-7-5217-6762-9
定　　价：82.00元（全6册）

版权所有·侵权必究
如有印刷、装订问题，本公司负责调换。
服务热线：400-600-8099
投稿邮箱：author@citicpub.com

》》》另一种真相《《《

怪怪特工队

蓝胡子船长

[瑞典] 马丁·维德马克 著　[瑞典] 克里斯蒂娜·阿尔夫奈 绘　徐昕 译

中信出版集团 | 北京

你了解"怪怪特工"吗？就是跟鬼和怪物做斗争的人。

哈哈哈哈！你笑了。这是什么荒唐故事啊！世界上根本就没有怪物，至于鬼——只有幼儿园小孩才信呢！

我知道你会这么说，因为以前我也是这么认为的——可那是以前。

而现在我不这么认为了——我知道，他们的确存在。

嘘！在这本书里，你将跟着我去到一个帆船学校，那里发生了最不可思议的事情。你会遇到下面这些人。

老渔民艾努克

蓝胡子船长

拉古萨船长

大副米盖尔松

舵手艾内鲁特

尼尔斯·赫曼松

我的朋友瓦乐

第一章
一个可怕的故事

"他的名字叫蓝胡子船长。"

"好奇怪的名字,"瓦乐说,"听起来像是一个很有趣的老头儿。"

我和瓦乐在学习驾驶帆船。我们的狗——伦敦和艾巴——只能待在家里。我们都觉得,对于两只又大又倔的巴吉度猎犬来说,它们肯定不会喜欢海上的生活。

瓦乐和我用六天的时间学会了怎样把帆升起来,学会了怎样在家门口这片**波光粼粼**的海湾里

驾驶帆船。

也许应该承认，瓦乐和我都不是驾驶帆船的好手，但我们还是觉得这项运动很有趣。

此刻，我们正坐在栈桥上，跟住在附近的老渔民艾努克聊天。他吸着他的烟斗，眼睛望着海水。

"唉，据我所知，蓝胡子船长可不是那么有趣……"

"他难道还活着吗？"我问。

"从某种意义上说是的。"艾努克神秘兮兮地答道。

瓦乐和我静静地坐在那里，等待他往下讲。

这是暑假接近尾声的一天，我们正在欣赏日落。明天就要举行结业的帆船比赛了，瓦乐和我将一同参赛。我们完全没有取胜的可能，但我之

前说了，这不是最重要的。比赛结束后我们就该回家了，因为新学期在等着我们。

整整一个暑假，我们都没有再遇到一个鬼怪。

如今瓦乐已经知道了我拥有双重身份。一方面我当然是一个普通的小学生，每天要写作业、带我的狗出门散步。另一方面我也是 10 号怪怪特工，在怪怪特工学院接受过训练！这件事瓦乐是知道的。

"那是 1697 年，"艾努克继续说，"八月里非常炎热的一天，天气就像今天一样。那天，有两艘巨大的海盗船停在这里。"

艾努克用烟斗指指海湾。

"很多年来，蓝胡子船长航行在四大洋上，把

搜刮来的金银财宝放进他那只巨大的箱子里。"

"这么说来，其中一艘船是他的，"我说，"那另一艘船又是谁的呢？"

"他最大的敌人——拉古萨船长的！"

尽管晚风不是很凉爽，但我还是感觉到坐在我身旁的瓦乐被吓了一激灵。

"他们是在进行海战吗？"他急切地问，"他们互射大炮没有？有没有爬上对方的船？有没有用剑砍来砍去？……"

瓦乐就是这个样子，前一分钟他还感到害怕和不安，可后一分钟又对某件事情兴趣十足，全然忘了他之前为什么感到害怕了。

"没有，"艾努克打断道，"没有发生海战。他们见面是为了签署停火协议。"

蓝胡子船长

"这听起来很好啊。"我说。

"可是结局却不那么好。"艾努克答道。

突然,一只海鸥在我们头顶上方发出一声尖叫。艾努克抬起头朝它望去,点了点头,仿佛他和那只海鸥都知道这个故事的结局。

怪怪特工队

"据说拉古萨船长乘着手划船来到了蓝胡子船长的船上,她的膝盖上放着礼物,要送给她曾经的敌人。"

"什么礼物?"瓦乐问。

"一尊银质的雕塑,有好几公斤重呢。"

"哟,"瓦乐说,"这可不赖啊。"

蓝胡子船长

艾努克敲了敲他的烟斗,烟灰落到了栈桥下的水里。

"两位海盗船长在蓝胡子的船舱里聊了一夜,整个海湾里都能听到他们的笑声和高亢的歌唱声。即将破晓的时候,拉古萨船长乘着手划船回到了自己的船上。她迅速地升起了帆,消失在大海上。可是……"

老渔民艾努克再一次陷入了沉默。我看着瓦乐,他正出神地看着波光粼粼的水面,也许正想象隆隆的炮声和野蛮的海盗。

这时那只海鸥又一次在我们头顶发出尖叫,艾努克似乎惊了一下,从他的思绪中回过神来。

"可是……"他继续说,"当蓝胡子船长的船准备离开时,发生了非常奇怪的事情。"

"什么事?"我问。

怪怪特工队

"船帆被风吹得鼓了起来,蓝胡子船长的船撞到了礁石。嘭的一声巨响,船进了水,开始往下沉。"

"真是个笨手笨脚的家伙。"瓦乐笑了起来。

艾努克哼了一声,看着瓦乐。

"事实上,蓝胡子船长是当时最厉害的帆船手。"

"但他还是沉船了,"瓦乐说,"他应该有帮他认路的指南针和海图吧?"

在帆船学校里,瓦乐和我学会了怎样与指南针配合着看海图,而指南针会告诉我们船在朝哪个方向航行。

"他当然有,"艾努克回答说,"可船还是沉到了海底,连同人和所有东西。栈桥上的人都能听到水手们在海里挣扎时发出的绝望的尖叫。"

"他们不会游泳吗?"我问。

"那个时候不会。"艾努克冷冷地答道。

那只海鸥又一次在我们头顶发出尖叫，听起来就像是一个陷入绝境的人。

第二章
瓦乐睡不着觉

艾努克捋了捋他的长胡子。

"很多人都在晚上听到过蓝胡子船长狂野的咆哮和尖叫。"他缓缓地说道。

"他变成了鬼魂?"我问。

坐在我们身旁的这位老渔民点点头,站了起来。他把烟斗塞进衬衫前胸的口袋里。

这时,太阳正好落下了地平线。

"有人说他的船时不时地会从海底深处升上来。"艾努克说。

蓝胡子船长

"你亲眼见过吗?"瓦乐问。

艾努克没有回答这个问题。他只是露出了神秘的微笑,继续说:"只见海水涌下桅杆,船帆划破水面。随即蓝胡子船长来到甲板上,大声喊出他的诅咒。突然,狂风掀翻了他周围的一切。"

"那他一定是喊得很响。"瓦乐开玩笑说。

艾努克没有回应瓦乐的笑话,而是又掏出了烟斗,说了句祝我们晚安,就离开了栈桥。

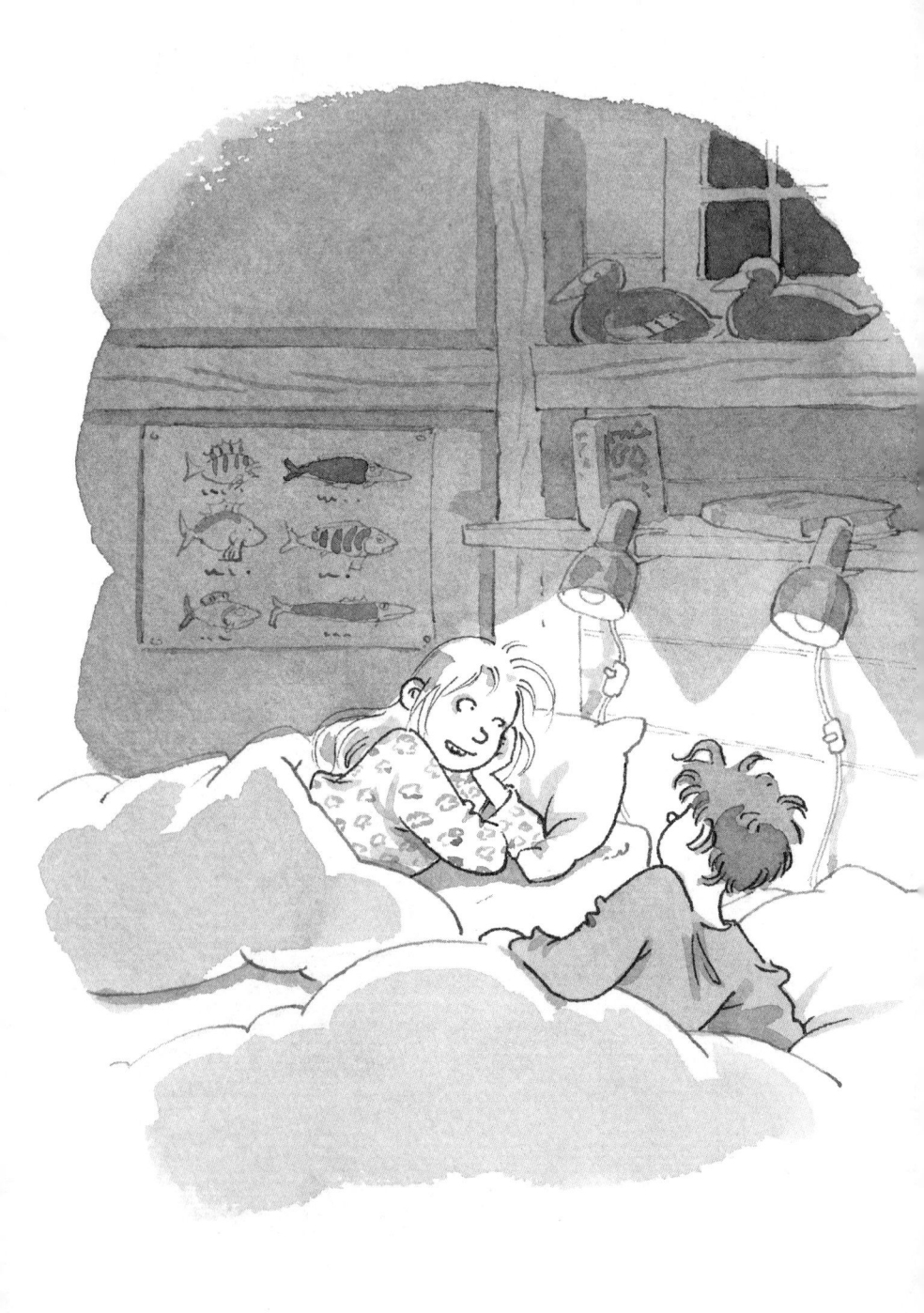

蓝胡子船长

这天晚上,瓦乐和我躺在我们住的海边小屋里,聊了很久。

"你想想看,"瓦乐说,"要是我们能遇到一个真正的海盗船长该多好!"

我笑着回答:"那些鬼故事不见得都是真的。还是想想我们明天要参加的比赛吧。"

"唉,"瓦乐说,"我们根本没有赢的可能。"

我关掉了头顶上的灯,跟他说晚安。在黑暗中我躺在那里,想了一会儿明天的帆船比赛。这时我突然感到自己好想我的狗狗伦敦。每当我入睡的时候,它总是重重地压在我的脚上。现在我好想它。

明天见,伦敦,我心里想着,然后就睡着了。

"嘘——"

有人在摇我的肩膀,把我晃醒了。迷迷糊糊

中我睁开眼睛,看见瓦乐站在那里。他已经穿好了衣服,正在用手电筒照我。

"把手电筒关了!"我用手捂住眼睛急切地说。

瓦乐把手电筒的光线移到一边。

"已经是早晨了吗?"我问。

"还是半夜,"瓦乐开心地说,"可是我睡不着!"

"你是因为明天要比赛感到紧张吗?"

瓦乐先是不解地看着我,然后摇摇头,说:"不是,我一直在想那个蓝胡子船长。"

"睡吧,"我说,"明天我们必须有精神才行。"

我长长地叹了口气,正打算翻过身去继续睡,瓦乐又说了:"你想想,奈丽。你在这里睡觉的时候,一个真正的海盗船长也许正在这片海湾里**兴风作浪**呢。"

"真正的海盗船长……"我反驳道,"那艘船是1697年沉掉的，瓦乐！"

我看见他的眼睛里闪过一丝亮光，心里明白瓦乐今晚是肯定不会睡觉了。

"好吧，"我说，"你想怎么样？"

"我们坐帆船去那个岛礁找蓝胡子。"

"可现在是半夜。"我抗议说。

"今晚是满月，"瓦乐开心地回答，"外面就跟白天一样亮！"

第三章
来自大海深处

我们悄悄地离开了海边小屋。

我们在栈桥上静静地站了一会儿,仔细听海里的声音。可唯一听到的就是停靠在泊位上的那些帆船发出的咯吱咯吱的声音。一轮大大的、银色的满月照在整片海面上。

我们**蹑手蹑脚**地走到挂着救生衣的棚屋里,各自扣好救生衣,然后爬上那艘我们已经学习驾驶了一整个星期的帆船,**悄**

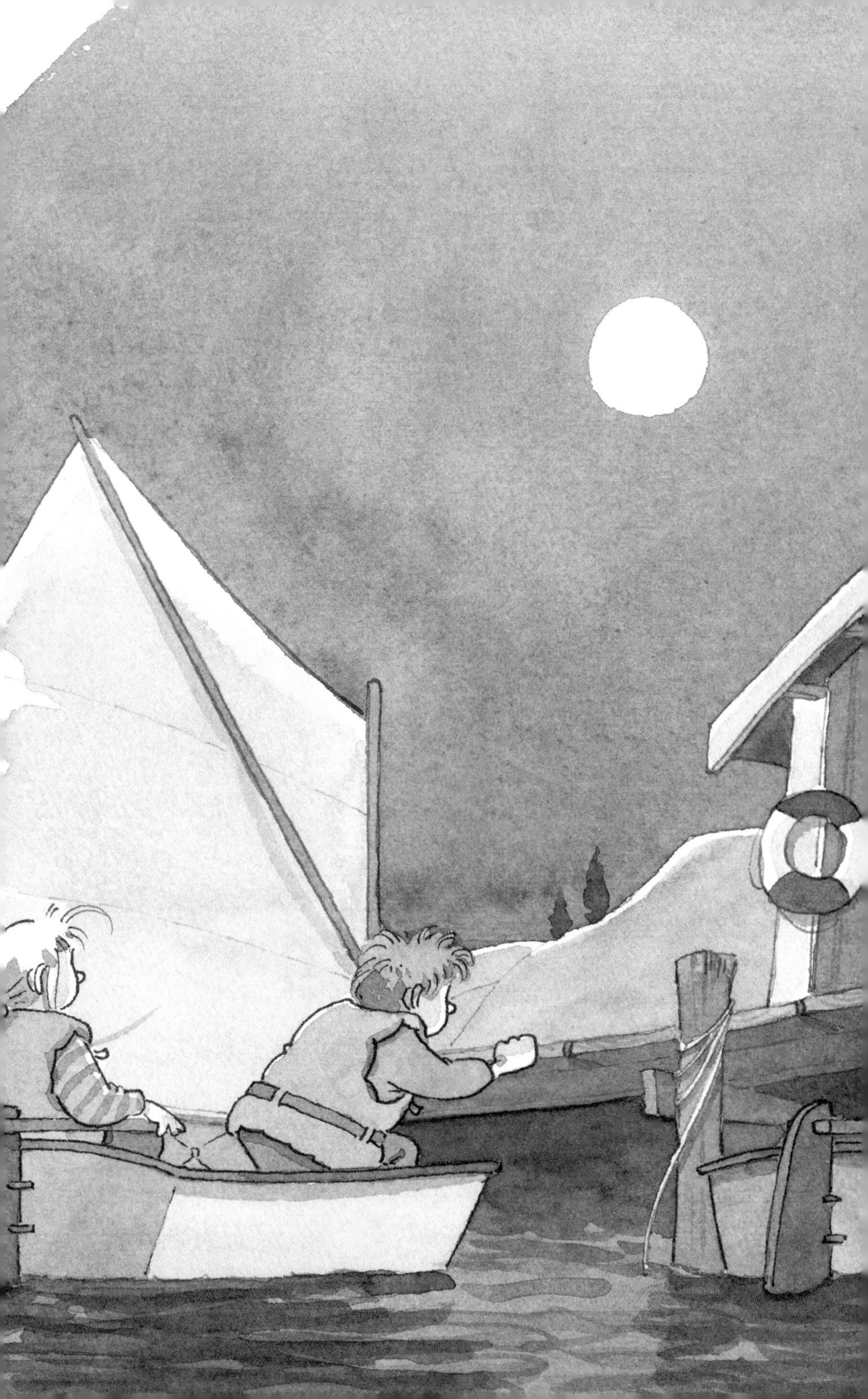

怪怪特工队

无声息地解开缆绳,把船撑离了栈桥。

我掌舵,瓦乐升起了船帆。一阵微风从岸上吹来,我们很快就驶离了岸边。

瓦乐冲我微微一笑,拿出手电筒,随后又从桅杆前的一个箱子里拿出了一张海图和一个指南针。

"那儿,"他指着正前方说,"我们要去那儿。"

"那里就是 1697 年蓝胡子船长的船沉没的地方。"我回答说。

我们驾着帆船,谁都没有再说话,行进了好一会儿。瓦乐从胸前的口袋里拿出一块奶糖扔给站在船身后面的我。我们吮吸着奶糖,以平稳的速度行驶在海面上,感觉真是非常舒适。

瓦乐始终遵循着那张海图所指的路线。

"我们会不会也有沉船的风险?"我问。

瓦乐仔细地看了看海图,然后笑着看向我:

蓝胡子船长

"如果有的话,我们已经沉了,因为蓝胡子船长撞上的那个岛礁就在我们的正下方。"

瓦乐收起了船帆,像我们在帆船学校学的那样把它扎好,然后我们静静地停在那里,任凭轻轻的海浪拍打帆船。

瓦乐和我了望着黑漆漆的水面,除了一只在我们船边飞上飞下、**睡眼惺忪**地盯着我们的海鸥,并没有发现什么奇怪的东西。

"我就说嘛,那些鬼故事不见得都是真的,"我说,"你知道当你听到一个鬼故事的时候,首先应该做什么吗?"

瓦乐摇了摇头。

"嗯,你应该想想这个故事是怎么被讲述的。"

"你是什么意思?"

"看看讲鬼故事的这个人是不是自己亲身经

历过这件事，还是**道听途说**的，是不是'一个朋友的上了年纪的阿姨的一个姐姐有一次听别人说……'"

我看了看瓦乐，想确定他是不是明白了我的意思。可是当我看到他的表情时，我说不下去了。他的眼睛圆睁，嘴巴张得大大的。

"后……后……后退，奈丽！"他结结巴巴地说。

我转过身去，做好了最坏的准备，这时我眼前的景象也让我大吃一惊！

一根巨大的桅杆从水面下冒了出来，足有几米高。然后露出了一根横杆，上面挂着一张巨大的船帆，从帆布上流下好多水来。接着又一根桅杆露了出来。

就在我们眼前，一整条船缓缓地从大海深处

蓝胡子船长

升了起来。

老旧的木板发出嘎吱嘎吱的响声，甲板上的水**铺天盖地**般倾泻下来。

瓦乐往后退了几步，此刻我们这艘小小的帆船在剧烈地摇晃。

"蓝胡子船长……"他小声说着，跟我挨得更近了。

现在我们看见那艘船的船舷在我们旁边升了起来，高大得就像是一堵墙。黑色的、粗糙的木板和一长排发射炮弹的小窗露了出来。然后，我们看到了位于船身后部的船长室。

奇怪的是，从那扇彩色小窗中透出了灯光，我们听到里面传来一个男人的声音。

那个男声尖叫着，咒骂着，把我们的耳朵震得嗡嗡响。

"蓝胡子船长。"瓦乐又小声地说了一遍。我发现这会儿我的伙伴有点儿后悔了,他肯定觉得不该在半夜里说服我驾着帆船来这里。

"都给我快一点儿!"蓝胡子船长大喊道,"否则让你们尝尝我这把剑的滋味!"

此刻整艘船已经完全露出了水面,它就紧贴在我们边上,船身掀起的海浪摇得我们这艘小小的帆船就像在坐过山车一样。

这时,我们听见头顶的船上有一扇门被打开了。

一个巨大的人影出现在船舷边。他头上戴着一顶海盗帽,被水打湿的蓝胡子在月光中闪闪发亮。

"蓝胡子船长。"这是瓦乐第三次说同样的话了。

这时,这个恐怖的人影看见了我们。他用他的剑指着我们,大喊道:"抓住他们!"

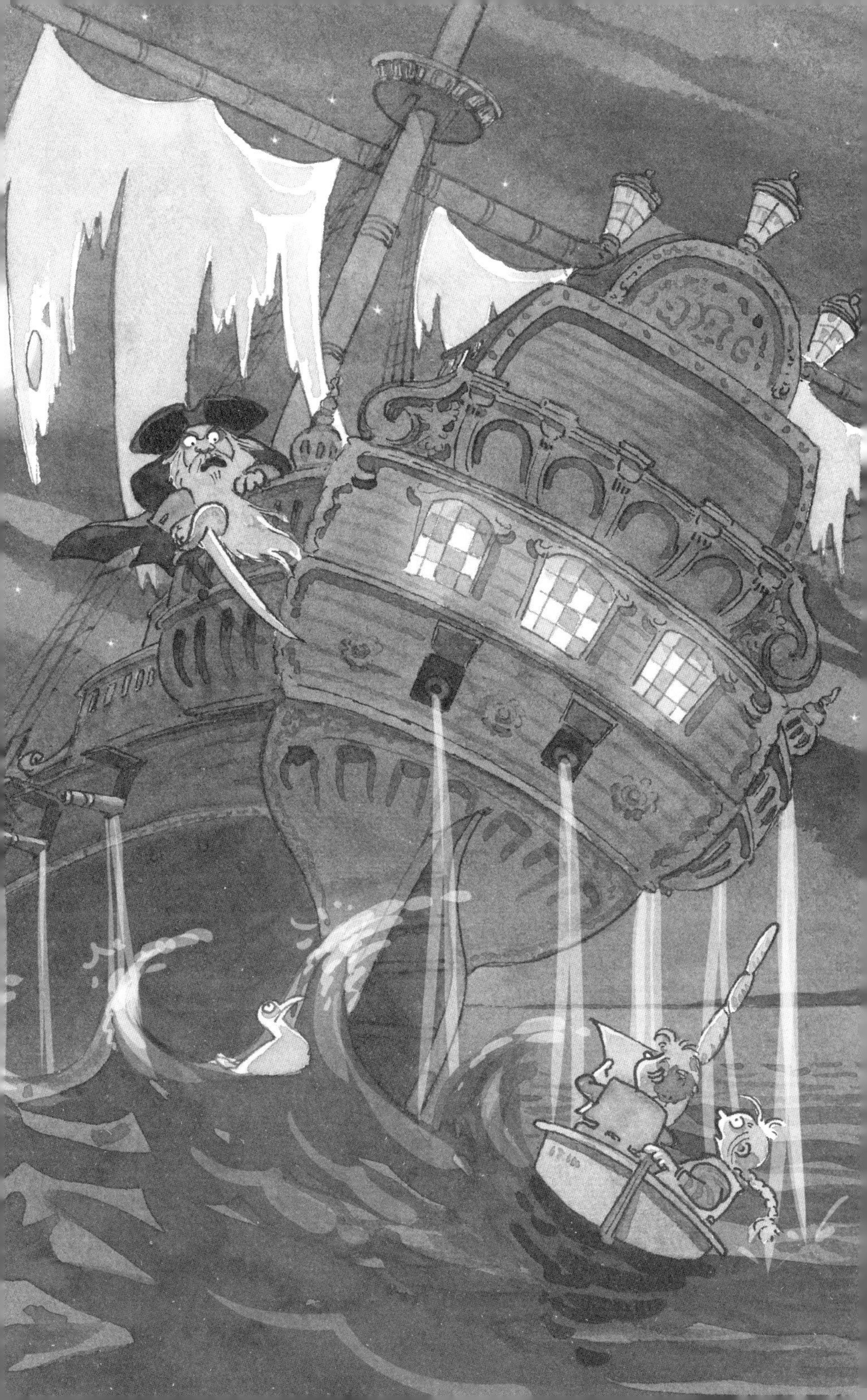

第四章
被绑在桅杆上

三名水手立刻手拿一张大网,来到蓝胡子船长的身边。

"把帆升起来,"我压低声音对瓦乐说,"快!"

瓦乐赶紧跑到桅杆前,可还没等他开始升帆,那张网就从天上飞下来,落到了我们头上。

大网盖住了我们的船,阻断了我们逃跑的尝试。我们被抓住了……

"把他们拉上来!"蓝胡子船长大喊道。随着大网的上升,我们离这艘大海盗船黑色的船舷越

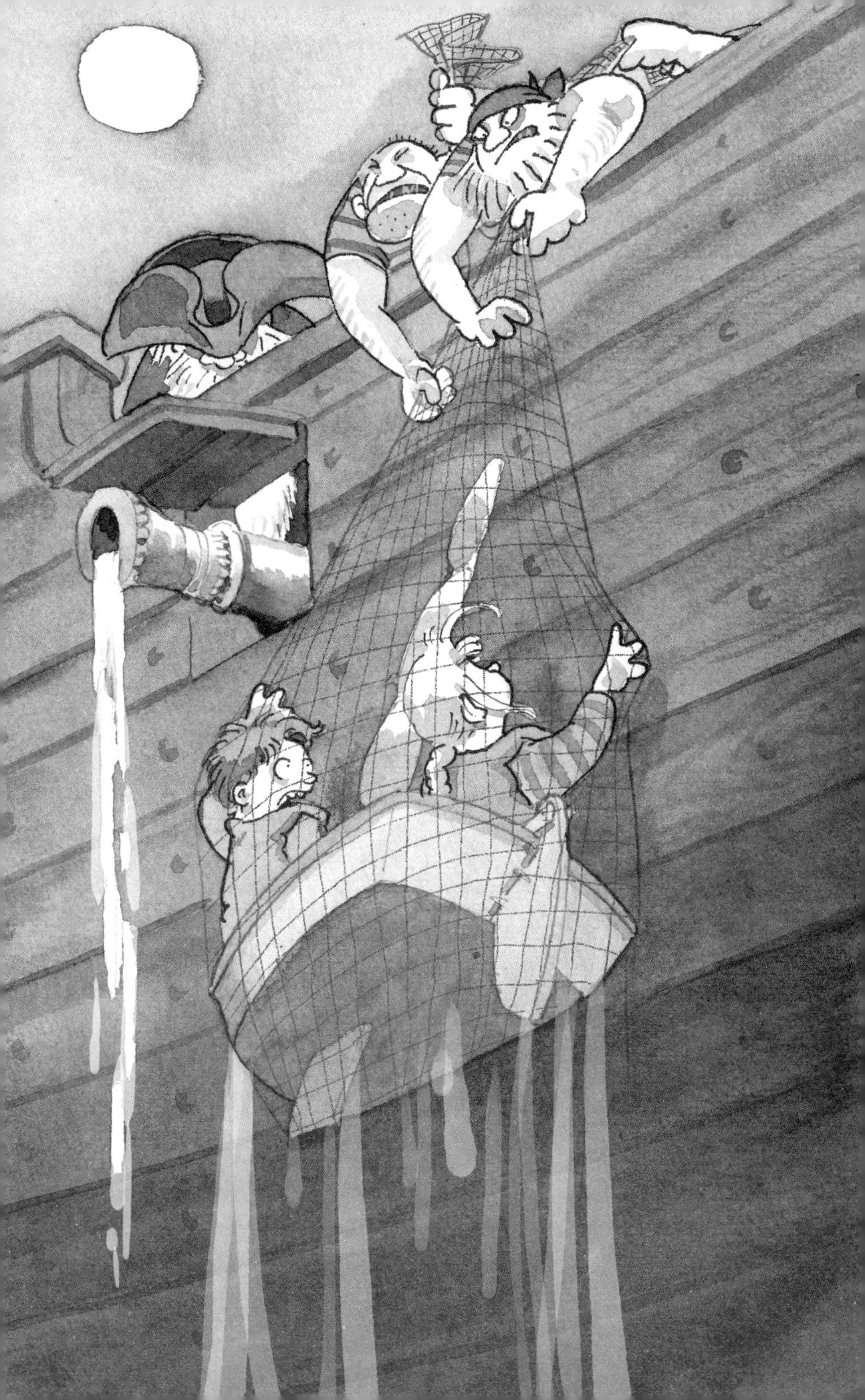

来越近。

不一会儿，我们就来到了湿漉漉的甲板上，站在了蓝胡子船长的面前。

他穿着一件深色斗篷，剑就挂在他的腰旁。

当他朝我们走来的时候，我们听到他的脚发出一种奇怪的声响。更准确地说这声响来自他其中一只脚，因为蓝胡子船长的一条腿是木头假肢！

他的一条腿上套着黑色的高帮靴子，另一条腿则由一根圆锥形的木腿替代，走路的时候木腿与甲板的木条撞击，就会发出咚咚的声音。

在他周围，来了好多穿着条纹毛衣的水手。他们把我和瓦乐的小船降下去，系在海盗船的船舷旁。

这位幽灵船的船长浑身散发着海水和海藻的

蓝胡子船长

气味，此刻他就站在我们面前仅仅一米远的地方。

我看着他的眼睛，不禁打了一个寒战。圆圆的、空洞的、毫无表情，仿佛鱼的眼睛一般。他的眼神是如此冰冷！

"把他们绑到主桅杆上去！"蓝胡子船长命令道。

三个魁梧的水手抓住瓦乐和我，让我们背靠着那根巨大的桅杆，然后用一根很粗的绳子绑住了我们的身体。

水手们绑我们的时候，蓝胡子船长始终在甲板上来来回回地踱步，他的木头假肢在木板上不停地发出咚咚的声音。

我瞥了一眼瓦乐，可他却没有看我。他看上去已经一点儿都不害怕了，反而表现得有些好奇。

瓦乐朝船长喊道："你的胡子为什么是蓝

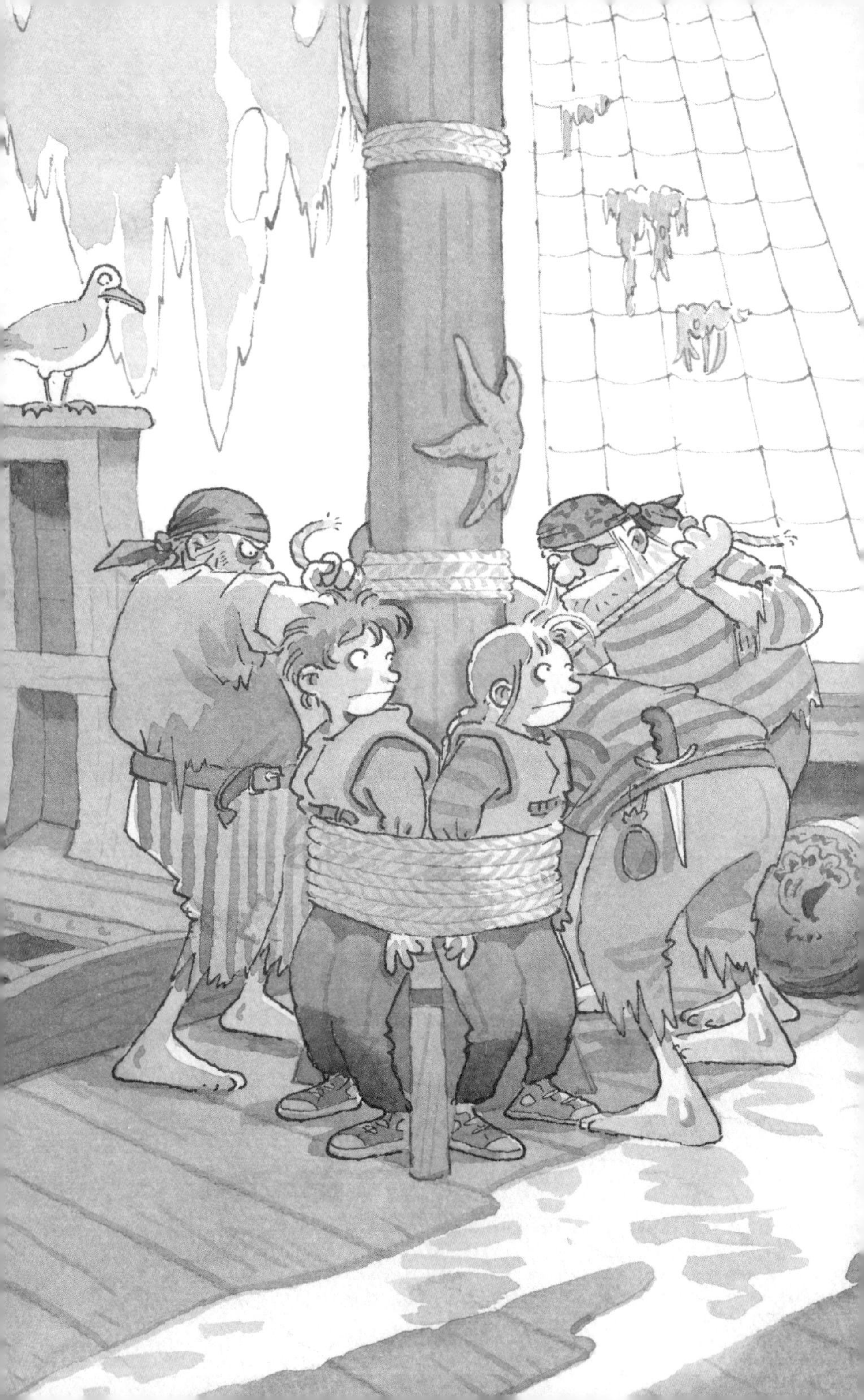

蓝胡子船长

色的？"

蓝胡子船长停住了脚步，转过头来看着我们。

他露出了一种可怕的笑容，他的嘴里没有牙

齿，因而显得声音十分嘶哑。他回答道："因为我来自一个贵族家庭，我们的血管里有蓝色的血液，所以我的胡子是蓝的。"

"原来如此，"瓦乐说，"我还以为你染了胡子。"

"嘘，"我小声对瓦乐说，"别把他惹恼了。"

"你的胡子真的很漂亮，"瓦乐没有理会我，继续说，"我听说在美洲，上了年纪的女人都把头发染成蓝色。"

蓝胡子船长举起一只手，瓦乐不说话了。随后这位船长用他那冷冷的鱼眼瞪着他。我心想，这下我们完了，他肯定会拔出他的剑，把我们砍成碎片的。可这时蓝胡子船长却笑了起来。他的笑声闷闷的，还带着回音。

在我们头顶上，船帆正被风吹得啪嗒啪嗒作响。我想起了老渔民艾努克说过的话：蓝胡子船

长能够让狂风肆虐。

"乖乖,你真是个有趣的小男孩。"他对瓦乐说道。

"你打算怎么处置我们?"我问。

"什么都不做。"蓝胡子船长回答说。

"什么都不做?"我重复了一遍。

"是的,你们会被一直绑在桅杆上。"

"只是一直绑在这里而已?"

"是的,因为当日出之时,我们将重新回到海底,"蓝胡子船长说,"那时你们将跟着我一起走。"

这个可怕的真相让我**恍然大悟**。再过几个小时,蓝胡子的幽灵船就将重新消失在大海深处,到时候瓦乐和我也将成为他的船员。一艘满载着淹死的人的鬼魂的船……

第五章
这下更糟了

"去准备今天的晚会!"蓝胡子船长下令道,然后转身回了自己的船舱。

蓝胡子船长

被绑在桅杆上的瓦乐和我,看到船上突然挤满了水手。

他们在甲板上又是擦又是抹,并在那根最高的桅杆上升起了一面海盗旗。

似乎没有人再关注瓦乐和我了。

这些水手打扫完毕后,甲板上又变得空荡荡的。现在只有瓦乐和我在那里了。

满月往下沉了一点儿,我知道这意味着什么。如果我们不想跟着这艘船沉到海底的话,我们的时间就很紧迫了。

从蓝胡子船长的船舱里,发出杯盘碰撞的声音。一个浅色头发的男孩快速地走过甲板,他手里端着一个很重的托盘,空气中散发着烤肉的香味。

"我饿了。"瓦乐在我旁边抱怨道。

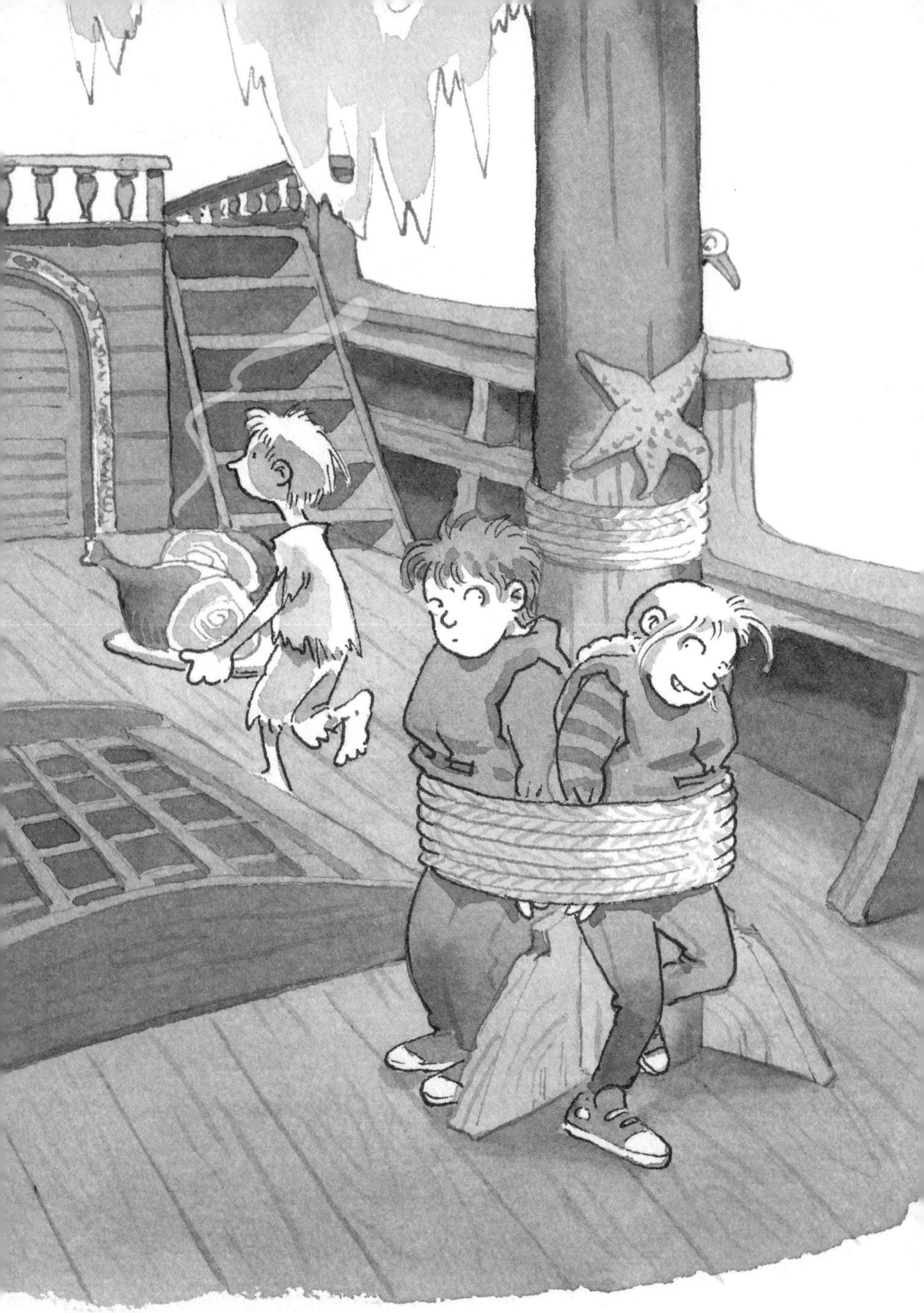

蓝胡子船长

我叹了口气，说我们现在有比吃饭更重要的事情要考虑。

"只要我能把一只手伸进救生衣里，"瓦乐说，"我就能够到胸口口袋里的奶糖，那就好了。"

救生衣里，我心想，我把这个给忘了！我们仍然穿着救生背心呢！

"你是个天才，瓦乐！"我小声说。

"我是天才？"瓦乐吃惊地回答，"我只是觉得饿了而已。"

我吐出了肺里所有的空气，尽量让自己的肚子变小，然后试着把一只手从绳子里抽出来。绑我们的那些水手都是些老手，他们绑得可真紧。

"你在干吗？"瓦乐问。

我做了几个深呼吸。

"等一下。"我小声说。

我又把空气吐了出来。瓦乐吃惊地看着我。绳子磨得手腕生疼,不过最后我还是摸到了救生衣。

我成功地用指尖触到了扣子。当救生衣被解开之后,要把它挣脱下来就不是么难了。然后绳子就没有那么紧了。

"真棒,奈丽。"瓦乐也脱掉了他的救生衣,小声对我说。

多亏想到了这个主意,现在我们两个的手都可以活动了。

我们**小心翼翼**地绕着桅杆移动手指,终于在背后找到了绳子的结。

解开绳子之后,瓦乐小声说:"我们走。"

"等等,"我说,"我想先去确认一件事。"

我以飞快的速度无声地穿过甲板,来到蓝胡

子的船舱前。瓦乐悄悄地跟在我的后面。

"你要确认什么?"他问。

我把食指竖在嘴前,压低声音说:"我们必须了解更多关于蓝胡子船长的情况。"

"更多情况?"瓦乐答道,"他的一条腿是假肢,眼睛像鱼一样,身上的气味有点儿怪怪的。我们还需要知道什么?"

"比如他为什么会沉船。"我答道。

我想起了列娜-斯列娃曾经告诉过我的关于鬼魂的知识。

"鬼魂出来一定是有某种原因的,奈丽,"她说,"可能是这个鬼魂生前做了什么蠢事,也可能是因为他或她还有什么未了的事情要去完成。"

我把耳朵贴在蓝胡子船长船舱的门上。我听见椅子在地板上摩擦的声音,听见杯盘叮叮当当

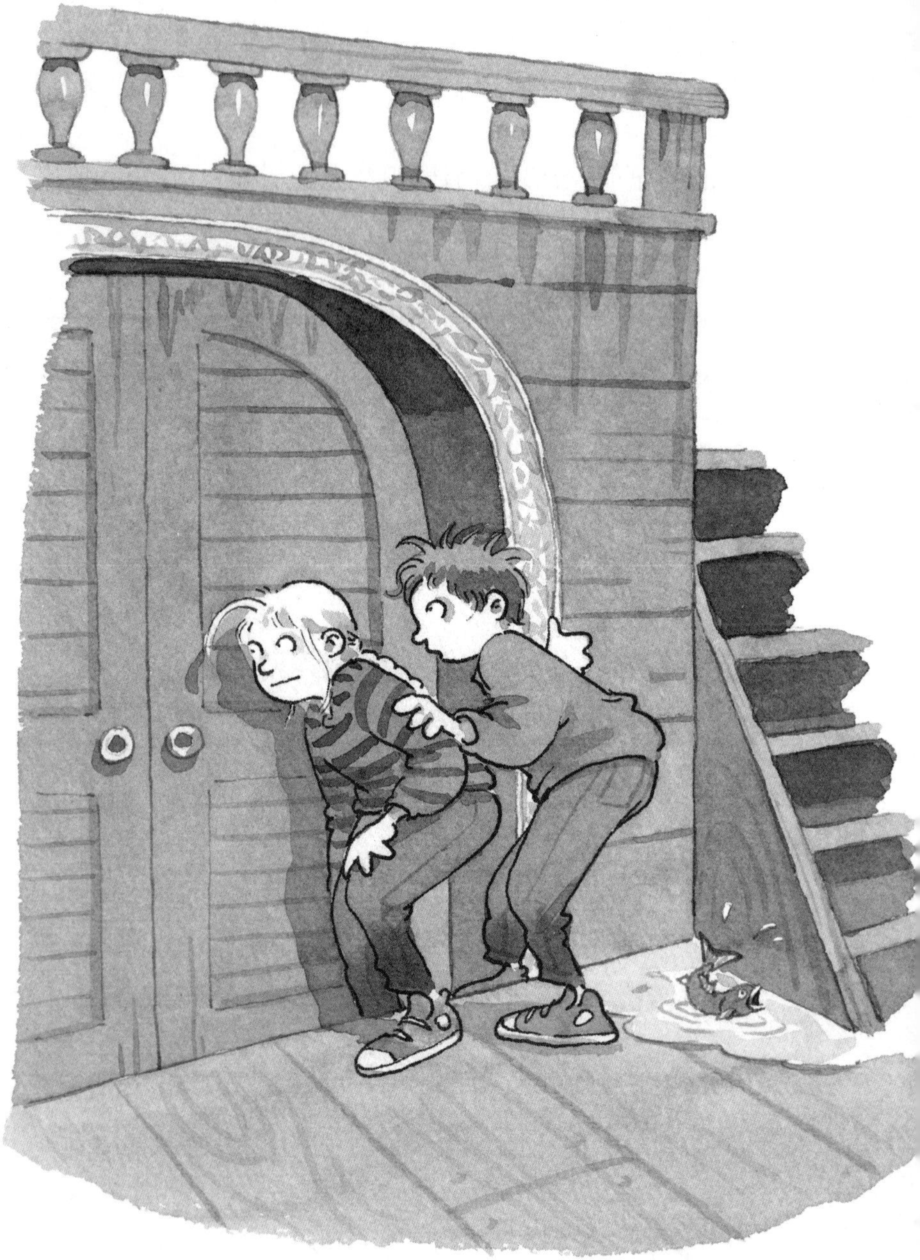

蓝胡子船长

的碰撞声，仿佛有人坐到了餐桌旁。

"你听见什么了？"瓦乐探过头来问。

"我觉得是几个人在吃晚餐。"我回答说。

"让我听听。"瓦乐说着，又往前挤了挤。

这时那扇门突然开了，我们一头扎进了蓝胡子船长的船舱里！

第六章
三个要诀变成了四个

我们摔在了船舱的地板上。船长正跟另外两个男人坐在铺好的餐桌旁。瓦乐和我惊恐地抬起头看他们。之前我们看到的那个浅色头发的男孩站在那里,手里拿着一个瓶子。他吓得靠在了墙上。

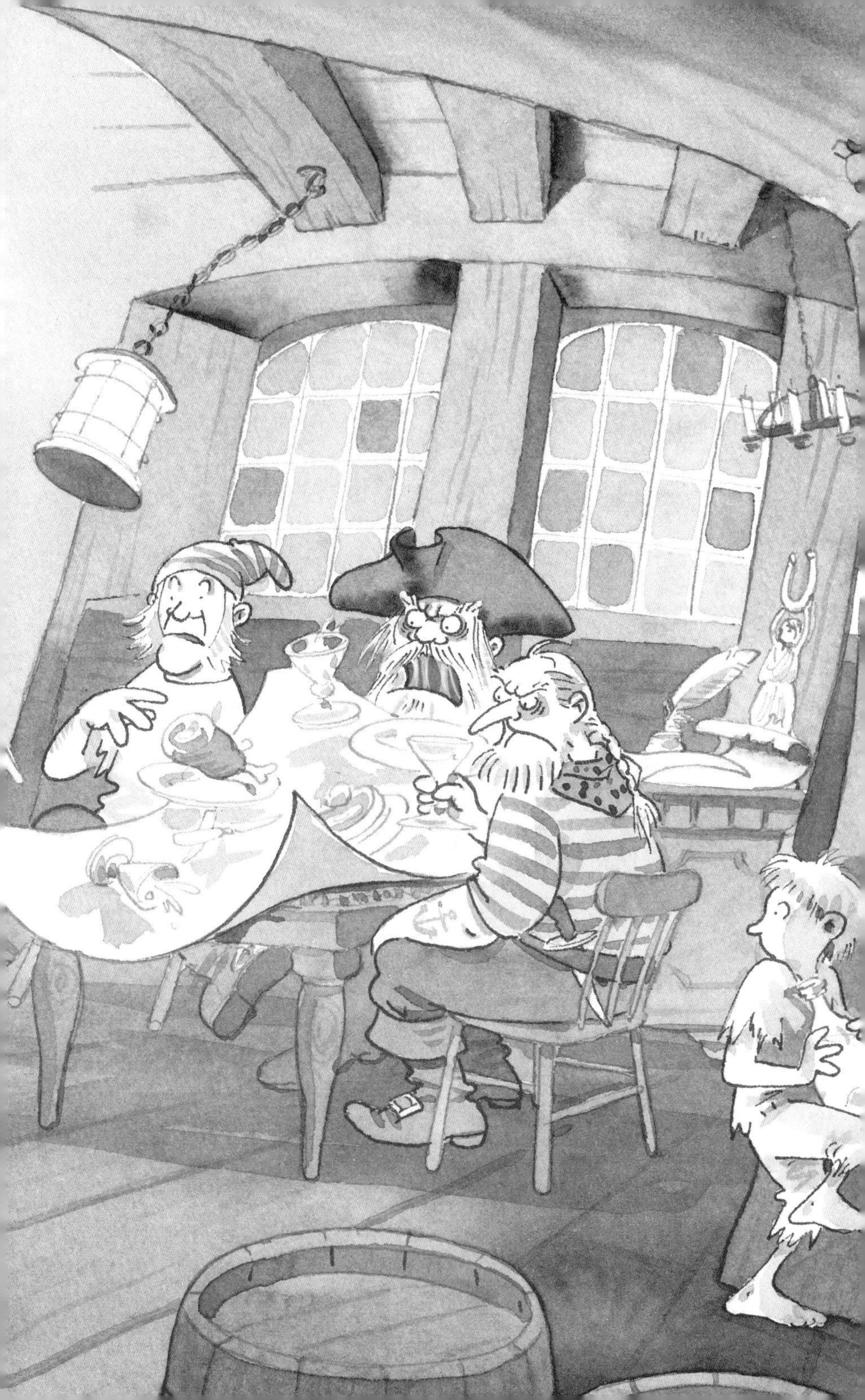

"该死的底舱和疣鼻天鹅!"蓝胡子大喊道。这是什么意思?

他喊的时候,桌上的餐布就像船帆一样被掀了起来。

"我们……"我刚一开口就说不下去了。

好在瓦乐迅速接上:"您也许还记得,蓝胡子先生,之前您让您那些身手敏捷的船员把我们绑在桅杆上来着。"

蓝胡子船长用他那圆圆的鱼眼吃惊地看着瓦乐。

"我们待在那儿,感觉没帮上什么忙。"瓦乐继续说。

他从地板上站起来,掸了掸膝盖。

"没帮上什么忙?"蓝胡子疑惑地重复了一遍瓦乐的话。

蓝胡子船长

"是啊，"瓦乐说，"你看我和我的朋友奈丽·拉普来到这儿，在您这艘这么漂亮的船上，受到了那么好的接待……"

瓦乐停顿了一下，伸手把我从地板上扶了起来。

"……所以我们想，也许可以为您服务一下。"

我哑口无言。很快我就想到，列娜-斯列娃的三个要诀现在变成了四个。

身为怪怪特工，我们必须用镇静、知识和技巧去工作，这一点我是知道的。而现在瓦乐向我展示了在危急的情况下，谎言也是可以拿来用的：镇静、知识、技巧和谎言。

我心想，等我们回家之后，我必须把这一点汇报给我在怪怪特工学院的老师。我是说，假如我们能回家的话。

怪怪特工队

此刻这艘幽灵船的船长挠了挠胡子，看着瓦乐和我。看得出他是在犹豫。

我站到瓦乐的身旁，挺起胸膛说："这么体面的先生，不应该每人配一个服务员吗？你们无须坐在这里苦等上菜吧？那样的话饭菜都凉了！"

"是啊。"蓝胡子清了清嗓子，说道。

他转过身去，对那个浅色头发的男孩说："尼尔斯，在明天一早沉入海底之前，给这两人找点儿事做。"

尼尔斯向船长鞠了一躬，然后挥挥手示意瓦乐和我跟他过去。

"我叫尼尔斯·赫曼松。"当我们来到旁边一张巨大的摆满了食物的工作台前时，这个男孩小声地对我们说。

瓦乐趁机迅速地往嘴里塞了一小块肉。

"我叫奈丽·拉普。这位是瓦乐。"

瓦乐把肉咽进肚子，然后用手捂着嘴问："另外那两位叔叔是谁？"

"坐在蓝胡子船长右边的是大副米盖尔松。"尼尔斯说着，朝那个瘦男人点点头。

"另一位呢？就是鼻子尖尖的那位。"

"舵手艾内鲁特。"尼尔斯回答道。

蓝胡子船长朝我们举起了他的空酒杯。

"朗姆酒！"他喊道，声音大得让船舱的那些彩色窗户都晃动起来。

我从尼尔斯手里拿过酒瓶，赶紧过去给三位先生的酒杯添满酒。与此同时，尼尔斯和瓦乐开始上菜。

很快，三位男士就开怀畅饮了起来。蓝胡子拍着艾内鲁特的背大声地笑着。

舵手艾内鲁特正好被什么东西噎住了，憋得满脸通红。海盗船长笑得更厉害了，更加用力地去拍他的背。卡在艾内鲁特喉咙里的东西被拍了出来，他大口大口地吸着气。

"酒喝得越多，人就会变得越蠢。"尼尔斯·赫曼松压低声音跟瓦乐和我说。

我点点头，环顾了一下四周。船舱最里面放着一张桌子，桌子上放着一些海图和一个指南针。

蓝胡子船长

"我们沉船的那天早晨,"尼尔斯在我耳边小声说,"蓝胡子船长就站在那儿进行导航。"

"导航?"瓦乐好奇地看着我们,问道。

"他确定方向,"我解释说,"好知道该怎样控制船的行进。"

尼尔斯点点头,继续小声说:"他用指南针仔细地对照了海图,似乎有点儿担心。突然整艘船晃动起来,船舱开始进水了。"

瓦乐突然打断了尼尔斯,指着一样东西问:"那个银色的雕塑就是他从拉古萨船长那里得来的?"

"是的,就在我们沉没的前一天晚上。"尼尔斯回答说。

桌子上,在指南针的旁边放着一尊闪闪发亮的漂亮雕塑。那是一个女人像,她将一块巨大的马蹄铁举过头顶。

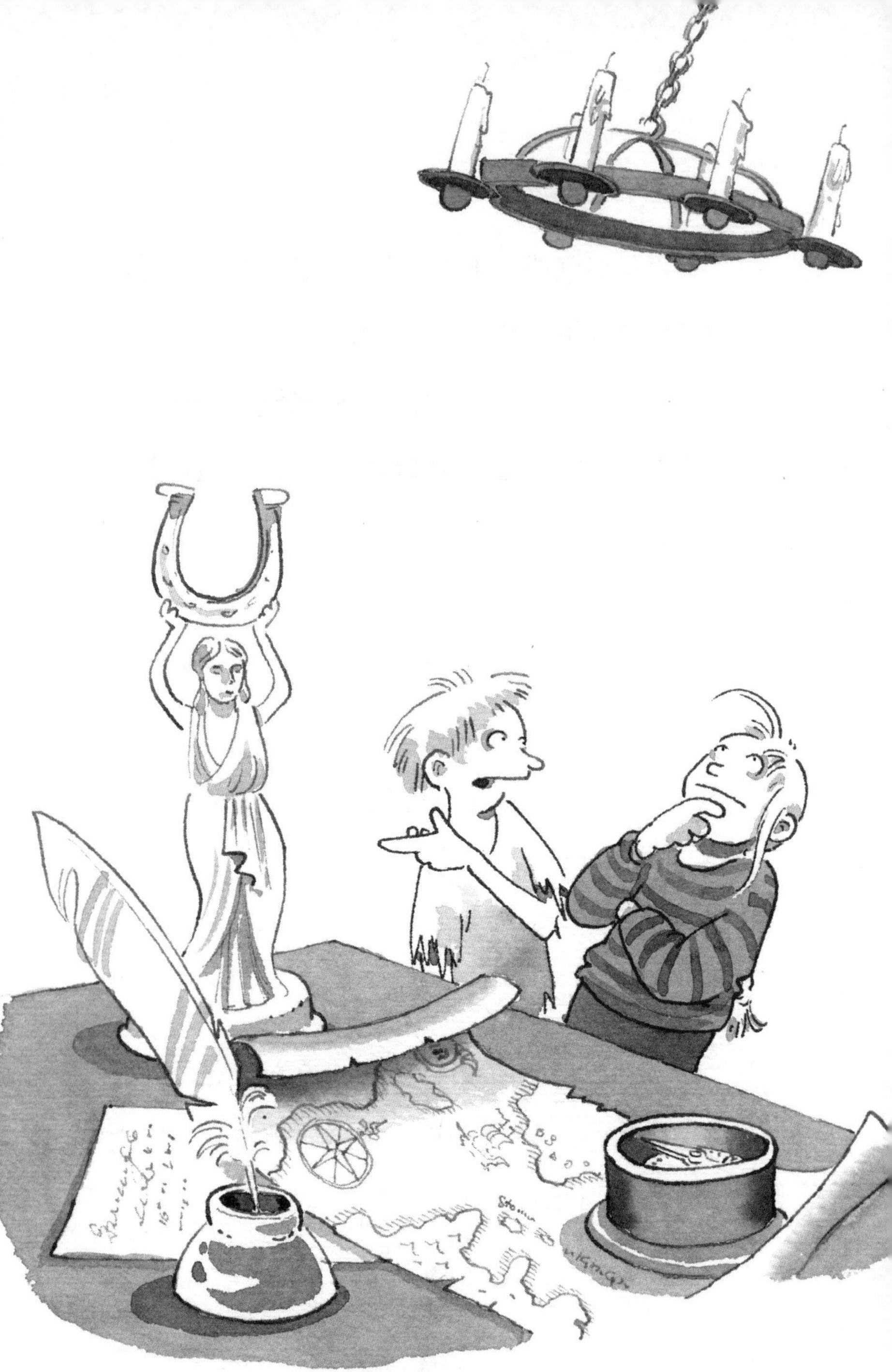

蓝胡子船长

"那是幸运女神,"尼尔斯小声说,"马蹄铁象征好运。拉古萨船长在跟蓝胡子分别之前,把它送给他作为停战的礼物。"

我抬头看船舱的天花板。放着指南针和雕塑的桌子上方,用铁链挂着一盏吊灯。

可是等一下,我心里想,这吊灯挂得有点儿歪……铁链不应该是垂直往下的吗?

我正想问尼尔斯,这时蓝胡子船长从桌旁站了起来。

"现在我要去玩了!"他大喊道。

第七章
一个代价高昂的游戏

蓝胡子、米盖尔松和艾内鲁特一起走出了船舱。

瓦乐、我和尼尔斯悄悄地跟在后面。我一直在想放着雕塑和指南针的桌子上方那盏挂歪了的吊灯,有一个地方我没有想明白……

甲板上,水手们摆好了维京棋[①]。

[①] 一种户外的投掷游戏,二十世纪九十年代开始在瑞典流行。在地上并列放置两排棋子,中央再放置一个较大的棋子国王。参加游戏的人分成两队,先用小棍把对方面前的棋子全都砸倒,再把国王砸倒。先完成任务的队获胜。——译者注

蓝胡子船长

天空中，月亮又往岸边的树梢下沉了一点儿。

十二个棋子分成两排，每排六个，面对面地立在那里。它们中间是国王。

"艾内鲁特、米盖尔松和我一队。"蓝胡子大喊道。

"尼尔斯、瓦乐和我一队。"我说。

蓝胡子拿起放在他脚边的六根小棍，说："首先我们要把你们脚边的棋子砸倒，然后再砸倒国王，这样我们就赢了。"

"比赛的奖品是什么？"我大声回应道。

"当然是你们的命。"蓝胡子喊道，大笑了起来。

高高的桅杆上，海盗旗在啪嗒啪嗒作响。想到这个游戏高昂的代价，我不禁打了一个寒战。

"乖乖，这可真好玩儿，"蓝胡子继续说，"如

果你们输了,你们就跟我们一起沉入海底。噢,我希望我的老朋友拉古萨能看到这一幕。"

这下我突然明白船舱里的那盏吊灯为什么会挂歪了!

那个拉古萨肯定知道自己在做什么。她和蓝胡子见面是为了签署停火协议,大家都是这么以为的。可是她非常狡猾。几百年后的今天,我终于明白拉古萨是如何欺骗了蓝胡子船长。

"如果我们赢了,我希望能得到那尊幸运女神的雕塑。"

"那可是最精美的雕塑。"蓝胡子回答说。

米盖尔松和艾内鲁特笑了起来,看着船长。

"那就开始吧!"他大喊道,"赌注越高就越刺激。"

怪怪特工队

尼尔斯·赫曼松凑到瓦乐和我的耳边小声说："我可警告你们，蓝胡子队玩维京棋可是无敌的，他们已经练了好几百年了。另外蓝胡子也讨厌失败！"

幽灵船的船长摸着自己的蓝胡子，拿起一根小棍放在手里掂量。

"先热一下身。"他说着，又笑了起来。

他的好心情把我吓得我**魂飞魄散**。他如此确定自己**稳操胜券**！

如果他赢了，我们就要跟着他沉入海底。我忍不住想到了这个结局。

瓦乐和我互相对视了一下，咽了咽口水。

蓝胡子投出了第一根小棍，它在甲板上飞出一个很大的弧度，撞翻了瓦乐脚边的一个棋子。

然后又是一根小棍飞过空中，同样精确地击

中了目标。

接着艾内鲁特和米盖尔松各自投出了两根小棍,他们和蓝胡子一样手法精准。

我方所有的棋子全都被击倒在我们脚边。

瓦乐睁大了眼睛看着我:"他们太厉害了!这可不行啊!"

"我们该怎么办?"我惊恐地小声问。

"等一等,"瓦乐说,"紧急情况下可以**出奇制胜**,我们必须采取一些办法!"

瓦乐跑进了船舱,不一会儿就端着一个托盘出来了。托盘上放着三个杯子和一瓶朗姆酒。

尼尔斯和我相视一笑，我们明白瓦乐的想法。

"正式比赛开始前，先生们也许想要喝一杯吧？"

瓦乐给他们满上酒，我们的对手一人干了一杯。他立刻又给他们倒上一杯。

艾内鲁特大笑着，边喝边祝贺蓝胡子得到了新的服务员。瓦乐鞠了一躬，又给他倒上一杯。等酒瓶倒空了之后，瓦乐回到了我们队里。

踩着假肢的蓝胡子船长摇晃了一下，大喊道："比赛……赛可以开始了！"

我听出他喝了这么多朗姆酒后，有点口齿不清了。

"酒喝得越多，人就会变得越蠢。"尼尔斯又小声跟我们说了一遍。

"可是不应该让我们也热一下身吗？"我问，

蓝胡子船长

"你们已经试投过了!"

蓝胡子拔出他的剑,我担心自己已经激怒了他。

可是这位幽灵船的船长并没有发起攻击,而是用他的剑指了指月亮。

"可惜我们没有时间了。我们很快就要沉入海底,而你们也将同行。"

"那得是我们输了的话。"瓦乐说。

蓝胡子没有回应他的话,而是闭上了一只眼睛,准备投出正式比赛的第一根小棍。

第八章
飞出的小棍和摇摇晃晃的国王

蓝胡子的第一投命中了目标!

瓦乐失望地看了看我。

"这样可不行,奈丽,"他叹息道,"他们就要赢了……"

"我们必须保持冷静。"我回答道。

我瞄了很久,投出了我的第一根小棍。它也击中了目标!尼尔斯和瓦乐欢呼了起来。也许我们还有一线生机。

随后轮到艾内鲁特。他的小棍飞过空中,然

后……投偏了。我、瓦乐和尼尔斯欢呼得更加热烈了。

"艾内鲁特想再来点儿朗姆酒吗？"瓦乐大声问。

舵手艾内鲁特朝瓦乐挥舞了一下拳头。随后比分交替上升，紧张刺激到让人透不过气来。比赛的双方**势均力敌**，最后两队都成功地把赛道上的棋子全部砸倒了，只剩下国王站在中间。

现在每支队伍只剩下了一根小棍，但是轮到蓝胡子这边先投。如果他击中了国王，那我们就出局了，他们就将赢得比赛。

蓝胡子咧开他那张没有牙齿的嘴，朝另一边的我们露出了微笑。

"不可以用最后一根小棍去投国王。"瓦乐抗议道。

怪怪特工队

但我们明白,另一边的海盗们是不会听取这种反对意见的。

"你们就准备好被绑到桅杆上去吧。"蓝胡子说。我们头顶的船帆又一次发出了啪嗒啪嗒的声音。

我迅速地抬头看了看天空,东边已经开始变亮。马上就来不及了,一旦太阳升过地平线,这艘船就将沉入海底。

瓦乐和尼尔斯用手捂住了眼睛。

国王比其他棋子要大,而且蓝胡子站得离它要近得多。从这样的距离投掷小棍,蓝胡子是不会失手的。

此刻他闭上了一只眼睛,来回摆动手里那根小棍。来来回回、来来回回地摆动。

我必须得想出一个能让他失手的点子!我在

蓝胡子船长

心里绝望地呼喊。

"我站在这儿,想到了你的老朋友拉古萨。"我说。

"嗯。"蓝胡子嘟囔着答道,目光却没有离开国王。

他最后一次把小棍摆向了身后。

"我认为她欺骗了你!"就在蓝胡子准备投出小棍的那一刻,我迅速说道。

海盗船长耸了一下肩,小棍飞过了国王的头顶。

瓦乐透过指缝看了看,尖叫道:"你没有命中!哈哈哈!你手里没有小棍了!"

"她怎么欺骗我了?"蓝胡子怒吼道。

"嘘,"瓦乐把食指放在嘴前说,"现在轮到奈丽投了。这应该是这场比赛的最后一投。"

这时蓝胡子撑住了艾内鲁特的肩膀,然后弯

怪怪特工队

下腰，解开了他那条假肢上的搭扣。

"没有小棍了？"他咆哮道，"你们都等着瞧吧。"

"快一点儿，奈丽，"瓦乐大喊道，"他打算用假肢来投了！"

蓝胡子船长

我看见此刻船长已经差不多脱下了他的假肢。

"快点儿,奈丽!"瓦乐再一次压低了嗓音说。

我知道如果我有很大压力的话,我肯定击不中国王。我必须让自己保持冷静。

怪怪特工队

我闭上眼睛，做了几个深呼吸。这时耳边突然听到嗖的一声。我睁开眼，看见蓝胡子的木头假肢正飞向国王。假肢在空中旋转着，击中了国王的头顶。

国王摇晃了起来，前前后后地摆动了几下，可是……它仍然没有倒！

蓝胡子失望得发出了尖叫，用他的一条腿在原地跳着。船帆张得鼓鼓地，海盗旗在狂风中发出猛烈的拍打声。

这下我可以**心平气和**地投掷我的小棍了。可这时艾内鲁特和米盖尔松在我身旁来来回回地跑动起来，做出各种鬼脸，以此来干扰我。

"你击不中，你击不中，你击不中。"他们尖叫着。

我两脚分开站在那里，瞄准国王。

蓝胡子船长

"奈丽投不中！奈丽投不中！"对手们继续干扰我。

镇静，奈丽，我心想，不能失手！因为这次是真的事关生死。

我开始前前后后地摆动手臂……然后终于投出了我的最后一根小棍。

我听见身旁瓦乐和尼尔斯因为紧张而发出的尖叫。小棍在空中飞出了一个高高的弧线，然后……击倒了国王！

我、瓦乐和尼尔斯拥抱在一起，围成一圈跳起了舞。

随后尼尔斯捡起蓝胡子的假肢，把它还给了他。

"谢谢你们带来一场精彩的比赛。"瓦乐说。

蓝胡子、米盖尔松和艾内鲁特嘀咕了一下做

怪怪特工队

了回应。

"赶紧离开我的船。"蓝胡子生气地说。

"我们当然会离开的,"我回答说,"不过首先得给我们颁奖。"

第九章

我们走!

我们再次来到了蓝胡子的船舱。船长在那里来来回回地踱步,他的木头假肢在地板上发出咚咚的声音。

"这是我三百多年来第一次输掉比赛。"他咆哮着说。

"那么现在该颁奖了。"瓦乐提醒道。

瓦乐和我走到那张放着指南针和银雕塑的桌子前。桌子上方挂着的那盏吊灯跟之前一样,依然是歪的。

"拿走吧!"蓝胡子生气地说,"然后赶紧从我的船上消失!"

我伸手拿那尊顶举着马蹄铁的幸运女神雕塑,

可是却搬不动它!

"它被固定住了。"我说。

"当年是拉古萨把它钉在这里的。"蓝胡子船长说。

我发现那位拉古萨船长真是非常狡猾。

"她说不这样的话它会摔倒的。"蓝胡子解释道。

"那样的话好运就会从马蹄铁上溜走?"我说。

蓝胡子船长点点头,然后命令尼尔斯去取来螺丝刀。我用它拧开了雕塑,对蓝胡子船长说:"来,我给你看一样东西。"

蓝胡子船长和其他人在我身边站成一圈。我举起那个雕塑,它真的很重。我把它靠近那盏吊灯,吊灯立刻移动了一下。

"噢。"米盖尔松拍了一下脑门说道。

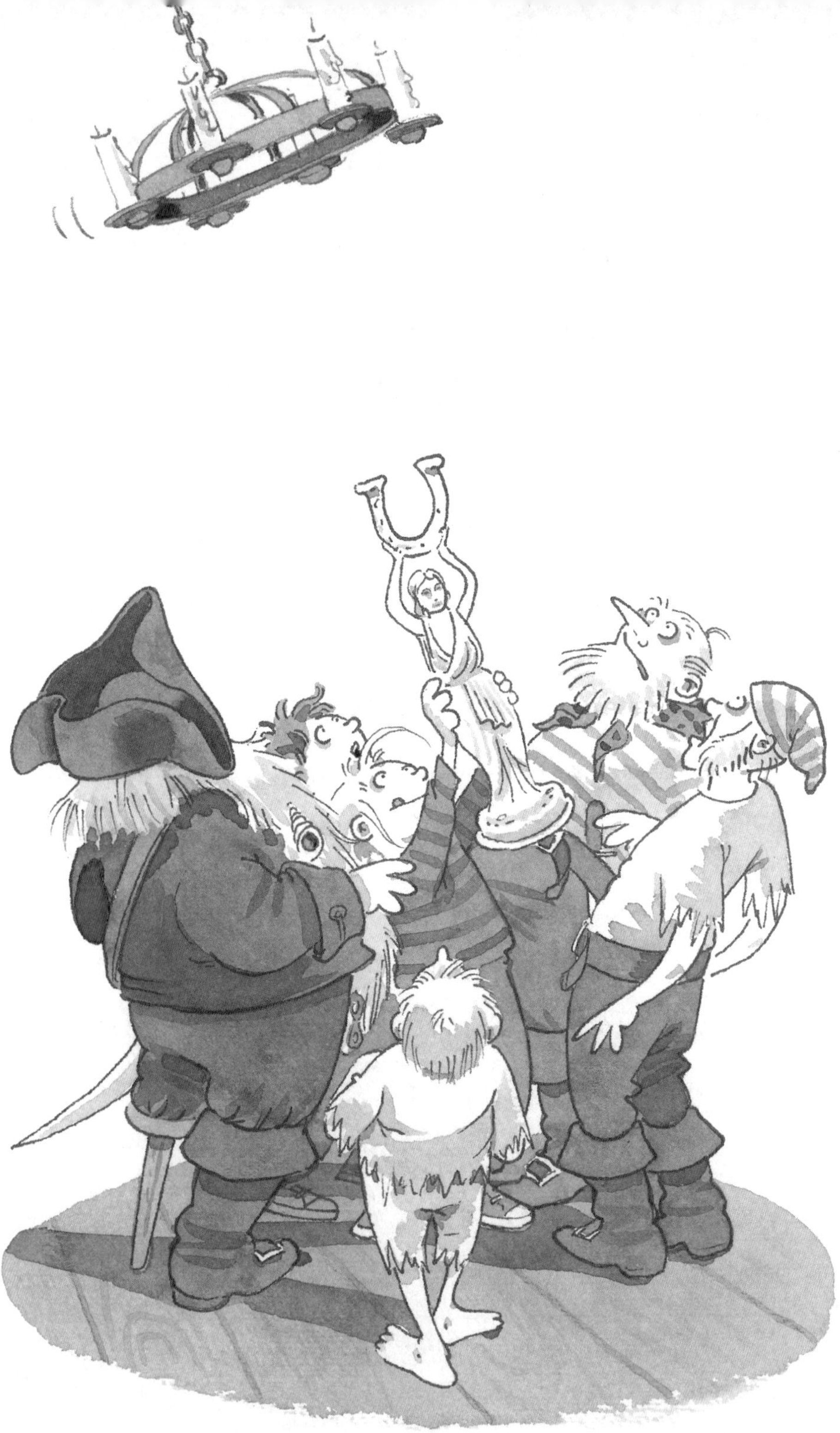

我把雕塑移到吊灯的另一边，吊灯立刻跟着幸运女神的马蹄铁发生了移动。

"魔法！"艾内鲁特嘀咕道，"吊灯会随着马蹄铁移动。"

"不是魔法，"我说，"是磁力！"

"该死的！"蓝胡子船长骂道。现在，他开始明白1697年的那个夜里，他是怎么撞上岛礁的了。

"我不明白……"艾内鲁特说，"吊灯跟这件事有什么关系？"

"没有关系，"我回答，"不是吊灯，而是……"

我绕着指南针转动塑像，船舱里所有人都凑过来看发生了什么。指南针的指针抖动着，跟着幸运女神的方向转动。

"所以这就是我们沉船的原因。"米盖尔松说。

"这块马蹄铁是一块强力磁铁，"我说，"如果

它放在指南针旁边，那你们在海上就永远找不到正确的方向。"

"拉古萨……"蓝胡子船长咆哮道，船舱的窗户再一次震动起来，"她欺骗了我！这么多年来，我都无法离开这个海湾，因为无论我怎样导航，结果总是错的。可现在……"

我抱着那尊雕塑后退。蓝胡子迅速抓来一张海图，他、艾内鲁特和米盖尔松凑到了桌子上看。

"我们走！"我小声对瓦乐说。

我们迅速离开了船舱。甲板上，我们看见天空已经变成了粉红色。我、尼尔斯和瓦乐跑到系着我们自己那艘小船的船舷旁。在我们身后，我听到蓝胡子的木头假肢在地板上发出咚咚的声音。

"所有人到甲板上集合！"他大喊道。

突然，船上再一次挤满了水手。

蓝胡子船长

"都给我快一点儿!"蓝胡子船长怒吼道。

瓦乐和我看了看我们的帆船,它被系在船舷的下方,远远地在那里漂着。尼尔斯已经取来了我们的救生衣,我们把它们穿在身上扣好。

"你得把这个留下。"瓦乐冲着仍然被我抱在怀里的幸运女神努努嘴说。

我叹了口气,知道我不能带着它爬下去,我会摔到海里的。

我把雕塑放下,跟尼尔斯·赫曼松道别。

"谢谢,"他说,"你们无法想象,几百年来反反复复地在同一个地方升起来沉下去有多么无聊!现在我们终于可以驶离这个海湾,去看看外面的世界了。"

瓦乐翻过栏杆,开始顺着绳子住下移动,回到了我们自己的小船上。我看见他到下面立刻升

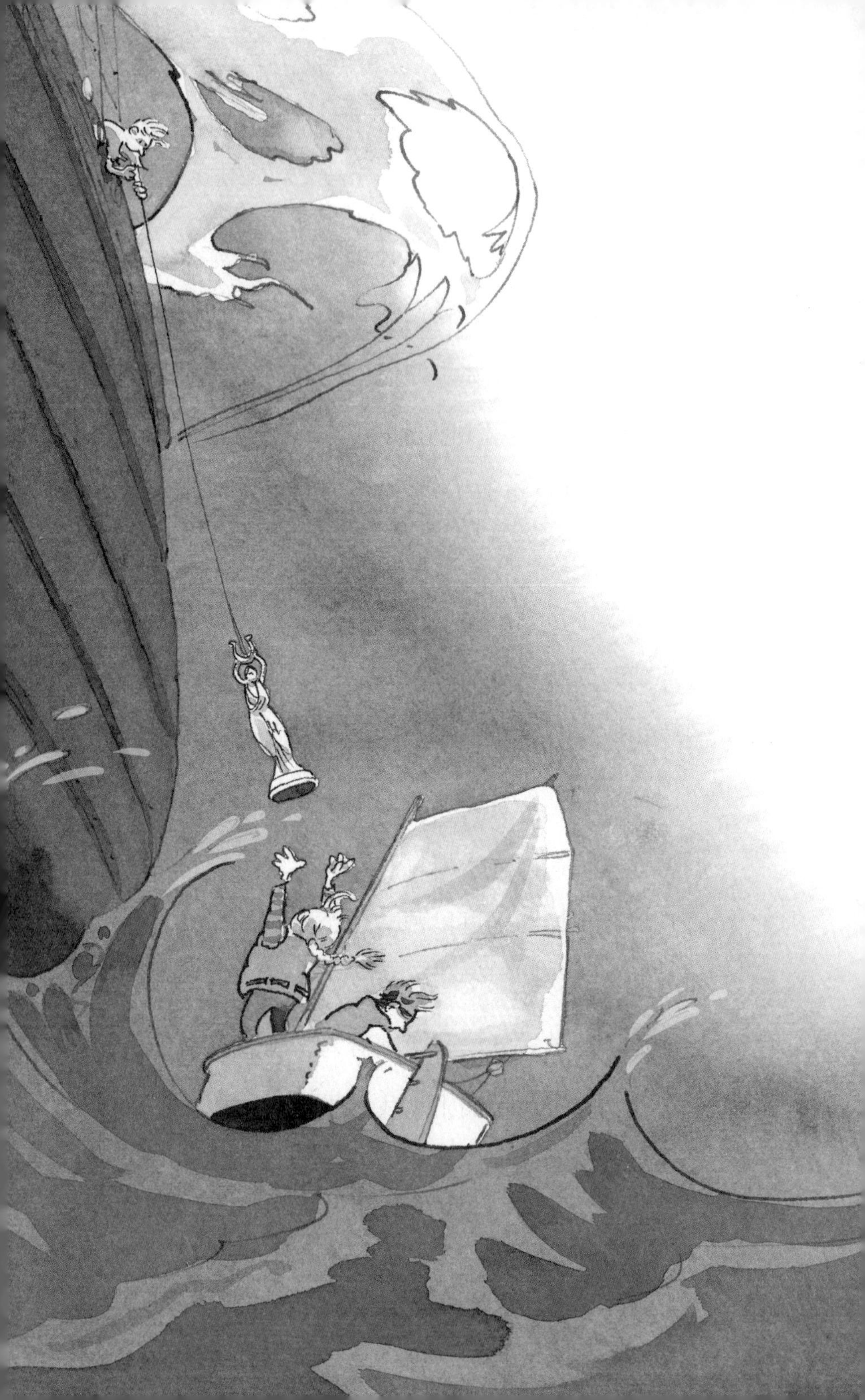

起了帆。我拥抱了一下尼尔斯，然后也离开了这艘幽灵船。

登上自己的帆船后，我听见那艘大船上传来一声口哨。

我抬起头，看见那尊幸运女神的雕塑被放了下来。这自然是尼尔斯在帮我们。

"再见了！"他大喊着，向我们挥手。

我们解开自己的船，调转方向，让它朝岸边驶去。

此刻在我们的头顶上，那艘幽灵船的帆已经被风吹得鼓了起来。当它全速驶向外海的时候，船的两边响起了啪嗒啪嗒的水花声。

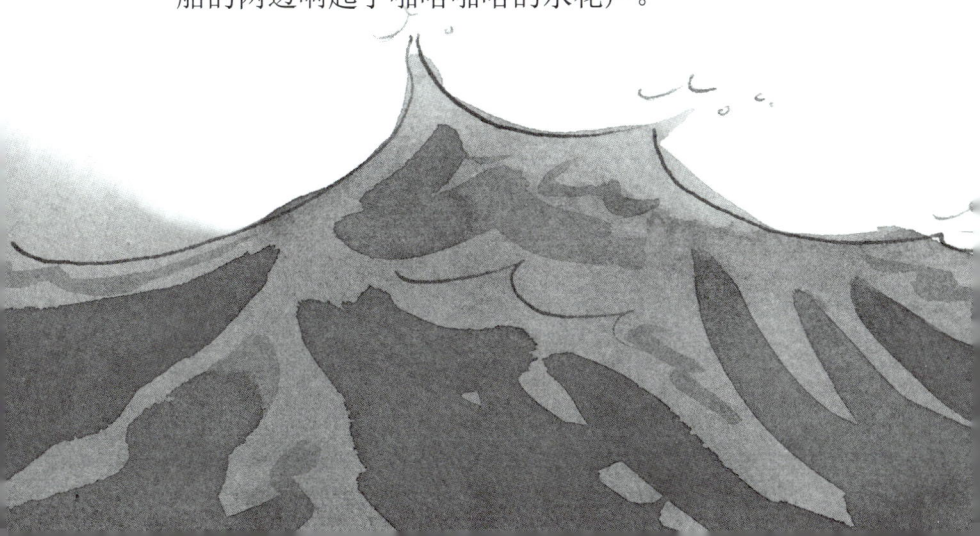

不一会儿,蓝胡子船长和他的船就消失在了我们的视野中。

"乖乖,这可真是太险了。"我说。这时白昼第一缕阳光照到了我们桅杆的顶端。

第十章
意外的帮助

我们停泊在栈桥旁,看了看四周。这时仍是清晨,人们还没有醒来。

我们悄悄地踏上已经被阳光晒得有点儿暖和的栈桥,把救生衣挂了回去。

"现在让我们睡两小时,"我小声说,"这样去参加比赛才会有精神。"

我正要打开我们那栋海边小屋的门,这时听到身后传来有人清嗓子的声音。

是老渔民艾努克。"早上好!"他边打招呼边

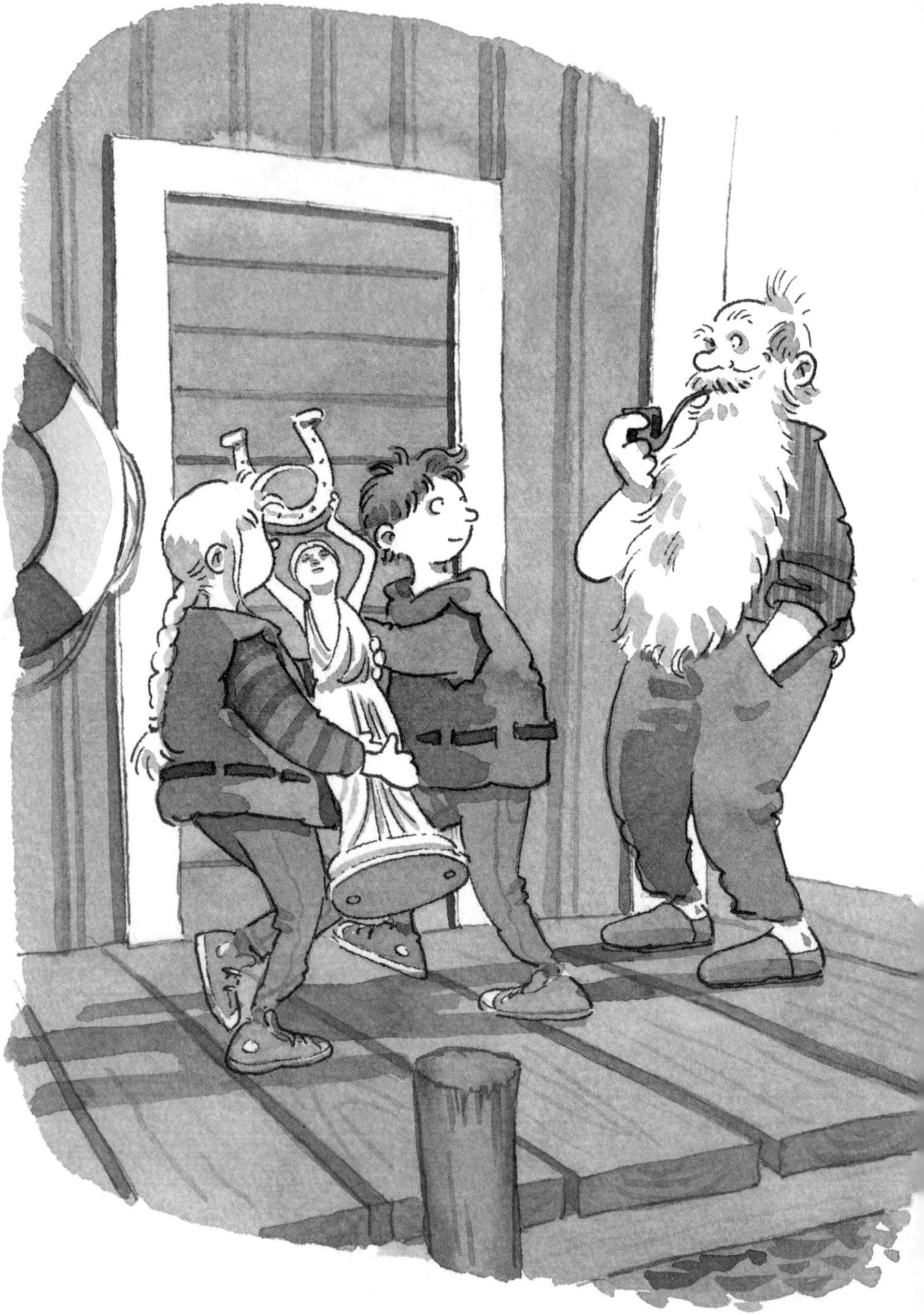

狡黠地看着我们。随后他吸了一下烟斗,目光落在了我手里的那尊雕塑上。

"为迎接比赛,我们出海练习了一下。"瓦乐说。其实这并不是真话。

"我看见了,"这位老渔民露出了微笑,"已经赢到奖品了吗?"

我们说很抱歉,我们必须休息一会儿,然后就溜进了自己的小屋。

几个小时之后,我们再次坐到了那艘小小的帆船上。这是最后一次了。比赛已经开始,到目前为止,瓦乐和我发挥得还不错。

我们在标示航道的最后一个浮标那里掉头,现在离栈桥边的比赛终点只有几百米的距离了。

"我们前面有三艘船。"瓦乐观察了一下水面。

从某种意义上说,我们扬帆和掌舵的方式是

正确的，因为我们与前方船的差距一直在缩小。

"不行的。"我回答说，"我们被他们甩得太远了。"

蓝胡子船长

"没关系,"瓦乐大笑着说,"现在这样很带劲!"

就在这时,头顶上传来一记轰隆声。我吃惊地抬头看看那**万里无云**的天空,是打雷吗?我疑惑地看看瓦乐,他也不解地耸耸肩膀。这时,奇怪的事情突然发生了!

一阵格外强劲的风鼓起了我们的帆,小船以飞快的速度向前冲去。船头破着浪,超过了前面两艘船。

这时又传来一阵轰隆声,我们的船速更快了。就在离终点只差一点点的地方,我们超过了最后一艘船。

我们赢了!

站在领奖台上,我们接过了比赛的金牌,帆

船学校的其他学员在栈桥上为我们鼓掌。

"到底发生了什么?"瓦乐小声问我。

我正准备把我的想法告诉他,这时艾努克来到了我们面前,伸出了他那温暖的大手。

"祝贺你们,"他眨了眨一只眼睛,说,"乖乖,你们干得不赖啊。"